太空少年 5
水星倒计时

[澳大利亚] 坎迪丝·莱蒙-斯科特 / 著
[澳大利亚] 塞莱斯特·休姆 / 绘
毛颖捷 译

电子工业出版社
Publishing House of Electronics Industry
北京·BEIJING

Jake in Space: Mercury Rising
First Published in Australia 2015 by New Frontier Publishing Pty Ltd
Text copyright © 2015 Candice Lemon-Scott
Illustrations copyright © 2015 New Frontier Publishing
Translation rights arranged through Australian Licensing Corporation
本书中文简体版专有出版权由New Frontier Publishing Pty Ltd通过Australian Licensing Corporation Pty Ltd授予电子工业出版社，未经许可，不得以任何方式复制或抄袭本书的任何部分。
版权贸易合同登记号 图字：01-2017-6969

图书在版编目（CIP）数据

太空少年．水星倒计时／（澳）坎迪丝·莱蒙-斯科特（Candice Lemon-Scott）著；（澳）塞莱斯特·休姆（Celeste Hulme）绘；毛颖捷译．-- 北京：电子工业出版社，2018.1
书名原文：Jake in Space: Mercury Rising
ISBN 978-7-121-32799-5

Ⅰ．①太… Ⅱ．①坎… ②塞… ③毛… Ⅲ．①儿童小说－科学幻想小说－澳大利亚－现代 Ⅳ．① I611.84

中国版本图书馆CIP数据核字(2017)第238344号

策划编辑：苏　琪
责任编辑：王树伟
文字编辑：吕姝琪　温　婷
特约策划：毛颖捷
印　　刷：北京天宇星印刷厂
装　　订：北京天宇星印刷厂
出版发行：电子工业出版社
　　　　　北京市海淀区万寿路173信箱　邮编：100036
开　　本：787×1092　1/32　印张：20.75　字数：531.2千字
版　　次：2018年1月第1版
印　　次：2024年8月第19次印刷
定　　价：120.00元（全套6册）

凡所购买电子工业出版社图书有缺损问题，请向购买书店调换。若书店售缺，请与本社发行部联系，联系及邮购电话：（010）88254888，88258888。
质量投诉请发邮件至zlts@phei.com.cn，盗版侵权举报请发邮件至dbqq@phei.com.cn。
本书咨询联系方式：（010）88254164（转1865），dongzy@phei.com.cn。

"向左边移点。再回来一点。再往左一点。好了。"一大早,杰克看着父母把显微幻灯机来回挪了二十来次,无奈地摇摇头。再有六个小时行星排列就要开始了,场面会非常壮观。但是,要是你,你能在一个小房间里为这事把一个显微幻灯机挪动多少次?

"实际上,我觉得它还是应该往右去一点点。"杰克的妈妈说。

正当杰克的爸爸又一次开始移动显微幻灯机时,杰克听到有什么东西落到了屋顶上。

"你今天有客人吗?"杰克的妈妈问他爸爸。

"没有啊,"他回答,"去看看是谁,好吗?杰克?"

杰克慢吞吞地从仿真游戏上抽离开来,往屋顶的平台走去。他从气闸室往外看,不由倒抽了口气。

那是一辆有双助推器的太空4045超级喷气式飞车。但是这辆车在他家屋顶干吗呢?肯定有人搞错了地址。舱门打开,亨利走了出来。杰克不敢相信,他的电子人朋友驾驶着4045!

好运气全被亨利占了。亨利向气闸室走来。杰克打开门,让他进来。

"你从哪儿得到的这辆太空车?"杰克激动地喊道,连招呼都没打。

"CIA给我的,"亨利理所当然地说,"还有个更好的消息。CIA邀请你们和我一起去水星现场看行星排列。天天、米莉和罗里已经在车上了。"

杰克皱起了眉头,这听起来简直好得不真实。为什么CIA要让他们坐着最好的新车去看行星排列?就算亨利是为CIA工作的,他们也没理由给他全太阳系最好、最新的车啊。他告诉亨利,他觉得这肯定又是特工布里和威尔给他们派遣的另一个CIA任务。

"当然不是!"亨利咳道,然后又不自然地大笑起来,"这是给你们迟到的礼物。"

对啊！杰克想起来CIA特工上次承诺他们一些特别的奖励，感谢他们抓获了邪恶的瓦莱丽，拯救了金星空中酒店。这肯定就是给他们的奖励。

杰克没来得及说更多，妈妈在楼下喊起来，问他在和谁说话。

"是亨利，妈妈。"他大声回答，"他说我可以和他一起去水星看行星排列。"

杰克没费多少时间就说服了父母让他和亨利一起去。他一说出"这是个很好的学习机会"，他们就没法再说"不"了。而且，杰克知道其实他们也非常想去。因为当他离开的时候，他们还在纠结观看行星排列时显微幻灯机的最佳位置。

当他爬上4045，正如亨利刚才说的，朋友

们正在等着他。

"太让人兴奋了！"米莉尖声说。

"我们能从水星上看到所有的行星。"天天补充道。

"肯定会很神奇。"罗里说着，咧嘴笑了。

"哇哦！"杰克看了一圈车里，惊叫道。

"谁想帮忙来协助驾驶？"亨利轻松说道。

杰克早就等不及想帮这个忙了，他第一个跳进前导航的位置。天天坐到她的老位置，负责后导航，米莉坐到控制台边上，罗里坐进了副驾驶的位置。

很快，他们以极限速度向水星飞去。杰克惊愕地看着投影屏幕。他们飞得那么快，经过的星星看起来都成了一道道银线。接着，当他们穿过金星和水星的时候，车里响起了警报声。

"那是什么?"罗里大喊。

杰克看看前视屏幕。

"哦不!流星雨,就在前面。"他知道小行星在这个区域不常出现,但是它们一旦出现就非常危险。

杰克转向控制台前的米莉:"你最好调整到慢速模式。"他说。小行星的撞击足以毁掉一辆太空车,就算4045这么强大的车也一样。

"等等!"亨利坐在驾驶座上喊,"没必要减速。你们会毁掉乘坐4045的乐趣的。"

"但是我们可能会被小行星撞到。"罗里争辩道。

"对啊,就算有我的导航技术,咱们也需要慢点来。"杰克同意罗里的话。

"全速前进。"亨利坚持。

"亨利,他们是对的,"天天柔和地说,

"你比我们任何人都了解,如果我们被小行星撞到会粉身碎骨的,尤其以这种速度。"

杰克又看向屏幕。他们已经差点撞到第一群小行星了。"你必须慢下来。就现在!"

米莉打算无视亨利的命令,让速度慢下来,这时亨利伸手阻止了她。

"放开!"米莉紧张地说。

"我们不需要慢下来,"亨利坚持,"杰克,当下一个小行星逼近的时候告诉我。"

"什么?!"罗里喊道,"你都没有打算绕开它?"

亨利没理罗里。"当我给你信号时,我希望你按下那个紫色的按钮。"他对米莉说。

米莉皱起眉头,把颤抖的手放到了紫色按钮上方。

"相信我,"亨利说,"我什么时候撞过?"

"在太空驾校补习班的时候。"罗里说。

他真是抓住了重点,杰克想。亨利以前是撞过,虽然那只是为了掩盖他为CIA工作的电子人身份,而不是真的驾驶技术不好。

"从技术角度说,那次并不能算撞机,因为紧急制动系统及时到位了。"亨利提醒他们,"而且,我知道我在做什么。"

杰克忙着跟亨利争辩,以至于没有看见一颗小行星笔直地向他们飞来。看起来他们没有别的选择,只能让亨利试一试这个疯狂的计划了。

"小行星正在前方。"

"按下那个按钮!"亨利快速地说。

来不及多想,米莉按下了紫色的按钮。一声巨响,杰克感到车在颤抖。他们撞到小行星了吗?他看向屏幕——小行星完全消失了。

"发生了什么?"杰克喊道。他转向亨利,

而亨利看起来很是得意。

"小行星轰击激光器。"亨利回答,"所有的4045都配备了这个装置。"

"你应该早点告诉我们!"罗里咆哮。

"那就看不到你们的反应了。"亨利大笑。

罗里生气地扑向亨利,但是这时另外一个小行星出现在他们面前。

"小行星!"杰克尖叫。

"按下按钮!"亨利再次命令。

米莉按下按钮,用激光击碎了石块。连罗里都忍不住微笑起来。

"让我来试试。"罗里对这个装置非常感兴趣。

亨利移到一边,让罗里驾驶。看来亨利被原谅了。

他们在太空中穿行,击碎了遇到的所有小行星。好像是在玩仿真游戏,只是这次真的是真实的。杰克拿出一包太空果汁糖,这是他们开车的时候最爱的零食。他一打开袋子,果汁糖就在车舱里飞了起来。朋友们松开了安全带,飘起来去抓果汁糖。亨利从自己的太空

服口袋里扯出一个和他的手一样的橡胶手。

"那是什么?"杰克问。

"看着。"亨利说。

他抓着那只手的手腕处,把它向前扔去。这时罗里正要用嘴去咬一个果汁糖,橡胶手向前伸去,拉长成一根细绳,变得几乎透明,直到碰到了目标——罗里嘴边的那个果汁糖。亨利收回手去,细绳又缩了回去,罗里扑了个空。电子人把果汁糖扔进了自己嘴里。

"那是什么东西?"杰克大笑。

"这是超级黏性手,CIA刚刚发明出来的,"亨利露齿一笑,"我刚刚试用了一下。看起来它工作正常。"

他来回伸缩橡胶手,轻轻松松地就抓到了更多的果汁糖。

"嘿!那不公平。"罗里抱怨道。

亨利咧着嘴笑着，抢走了最后一个果汁糖。罗里回到飞行员的位置，为他失去的零食十分不悦。

杰克还没反应过来，他们就已经到了水星。因为一路上乐趣太多了，他都忘了时间。也因为4045太空车是他乘坐过的最快的车——至少到目前为止。

杰克在前视屏幕上放大水星的图像。它看起来是最不好玩的行星之一了，这让杰克想起月球覆盖着陨石坑的灰色表面。一直以来，这个星球对大家没什么用处，直到有人在它的地表下发现了丰富的铁矿。很快，它就被开采一空，于是，就再也没人来这颗星球了。不过它至少是全太阳系中观看行星排列的最佳位置。处在离太阳最近的这颗行星上，他们可以看到四小时后行星排列时的整个行星队列。

亨利向水星的外大气层开去。"米莉，你左边有个黑色的按钮。"他说，"现在请按下它。"

米莉按照亨利的指示操作。杰克看到车外形成了一个保护罩。

"那是什么？"他问。

"这是个热防护罩，在高温环境下保护车子。"他说，"你们还需要这个。"

亨利从他们椅子下方拽出五件特殊材质设计的太空服，它们由闪亮的银色六角形组成，连在一起像一床蓬松的被子。当他把太空服从真空袋里抽出来，六角形就膨胀起来，看起来像个小枕头。

"这车里什么都有。"米莉惊喜地说。

女孩们快速套上了太空服，然后杰克也穿上了自己的。罗里拿起他的太空服，伸出手指去戳一个六角形,他一把手缩回来,六角形又膨胀起来。

"我不要穿这个!"他说,"太丑了。"

"好吧。想要熔化是你的自由。"亨利说。

"他说得对!水星和金星一样热。如果你不想变成肉干就得穿上特殊的太空服。"天天说。米莉和天天住在金星上,所以她们知道那有多热。

罗里嘀嘀咕咕地穿上了太空服。

"罗里,能不能请你继续开车?"亨利说。

没等罗里回答,亨利就飘向了车后方。杰克从自己的座位上扭头看他在做什么。只见亨利打开了自己手臂上的控制面板,面板上似乎有着所有的按钮和表盘。接着亨利按下了一个小按钮,然后面板啪的一声打开了,露出一个密室。密室看起来像个工具箱,里面有各种微型

工具和小玩意儿。

"那是什么，亨利？"杰克问。

其他人也都转身去看。

亨利指着自己手臂上各种各样的东西："锯子、手电筒、哨子、喷灯……对了，在这儿。"

杰克忽然感觉心脏一沉，就好像被推进了深水之中。不管那些工具是用来干什么的，他猜他们今天根本看不到行星排列，因为这些工具看起来非常像是执行任务要用的。他忍不住为要错过一场特别的活动大失所望。

亨利最后拉出一个圆圆的东西，那东西小得像个豌豆。他开始在车里走，上下移动。

"你在做什么，亨利？"天天问。

"在测试探测器。"他回答。

"这个探测器有什么用？"她问。

"现在也许是时候揭示……哦，算了，你

们很快就都知道了。"

这可听着不妙,杰克想。亨利的"揭示"永远意味着有坏事发生。

"揭示什么,亨利?"天天问道,看得出,她也在努力保持平静。

"好啦!是有一个小爆炸事件。"亨利宣布。

"爆炸?"米莉尖叫。

"对,有四颗炸弹被埋在了水星上。我们得找到它们,并将其拆解。"

"否则呢?"杰克继续提问。

"否则当行星排列的时候,水星就会被推出轨道,与地球相撞,同时毁掉两颗星球。"

"金星呢?"米莉说,看起来很害怕,"它在通往地球的路线上。"

"金星没事。行星排列的时候它会稍微偏

离中心。"

天天和米莉舒了口气,但是她们看到杰克脸上震惊的表情,不免担忧起来。如果亨利说的是真的,杰克的母星正处在严重的威胁下。

"你不觉得你应该早点告诉我们这些吗?"杰克大喊,"比如在我们同意跟你一起开始这趟旅行之前?"

"我宣誓过保密的。"

"让我猜猜。CIA的指示?"天天说。

亨利点点头说:"对,他们接到这个消息,但是他们不知道炸弹在哪里。"

杰克立即想起自己在地球上的朋友和家人。想到自己的母星要被摧毁,这让他感觉很糟糕。

"亨利,如果我们找不到炸弹呢?我们得警告地球上的人。"

"我们会找到的。"他说。

"如果我们没有呢,或者如果我们拆解不了它们呢?"杰克坚持。

"我们会的。"亨利信心十足地说。他继续用探测器扫描车子,似乎没有注意到另外四个人正生气地盯着他。

"很好!它运作正常。"他说,"可以进入水星的外大气层,我们可以开始搜索了。"

有几秒钟没有一个人动。然后,他们意识到除了加入亨利的行动,别无选择。

米莉把车调整到垂直方向,转向了行星表面。在这几分钟里,杰克对观看行星排列的兴奋感已经荡然无存。现在他比在太空驾校补习班得知葛拉道客要摧毁地球的时候更担心。他的心跳比有超级助推器的太空车还快。如果亨利说的是对的,他们确实发现了炸弹,

那就全靠他们来阻止事情发生了。

他们在水星表面来回飞了几趟,亨利的炸弹探测器甚至一声"嘀"都没发出。杰克开始想是不是CIA搞错了,根本没什么可疑情况。他喜欢这个念头,这样就不用去拆解可能炸毁他母星的炸弹了。

"我们已经搜遍了整个行星,亨利。"杰克说,"我们没有找到任何可疑物,我想是CIA搞错了。"

"CIA从来不会搞错。"亨利严厉地说。

"杰克说得对。"天天附和道,"这儿什么都没有。你最好让特工来,或者通知他们。"

亨利发着牢骚,但最终他同意一旦发现可以降落的地方,他就会联系CIA。杰克打开前视屏幕,他看到前方有一块大而平整的区域,看起来是个完美的降落地点。他向罗里指指那边，罗里点点头。他们准备好降落。杰克希望这是一场虚惊，他们一会儿还能观看行星排列。

看起来是一次轻松的降落。车前的地表看起来很平滑，没有像其他区域一样布满陨坑。杰克指引着罗里带大家平稳地降落。车子在地表滑行，慢慢停了下来。大家都解开了安全带，站起来舒展身体。杰克左右晃晃头，忽然他脖子一僵，整个人被抛向了前面，摔倒在控制台前。米莉尖叫起来。

"怎么了？"她带着哭腔嚷道。

杰克站起身，查看前视屏幕。地面正在向下方塌陷！

"车子正在掉进一个洞里！"他喊道。

亨利把罗里推向一边，跳回驾驶员的

座位。

"调到反转模式。"他对米莉喊道。

米莉快速调转车子。亨利把车向后开去。又一次重击,这次杰克被抛向后面。

"怎么了?"他喊道。

天天打开后视屏幕。

"哦不!咱们后面的地面是……"她没来得及说下去,杰克感到车已经掉了下去。

他们重重地撞在地上。杰克看向前视屏幕,眼前全是尘土。他们似乎掉进了某个洞里。他猜那是被泥土盖住的一个火山。

"后面有什么吗?"杰克问天天。

"很难看见,"她说,"等等!我看到隧道,有铁梁撑着顶。我们好像掉进一个旧矿

坑了。"

"现在怎么办?"米莉问。

"咱们得尽快弄明白怎么从这儿出去。"杰克说。

"看!"亨利喊道。

他们都转过去。亨利从口袋里掏出探测器,它正闪着暗蓝色的光,发出微弱的蜂鸣。

"看来附近有炸弹。它肯定在地下,在这个隧道里。"

杰克从来没像现在这样失望过。他真的希望是CIA搞错了,希望这儿根本没有什么炸弹。但是他知道接下来要做的事情就是尽快找到它们。

"我们怎么穿过这些隧道?"米莉问。

他们盯着前视屏幕。虽然4045无比强大,但它也无法在狭窄的地下空间里穿梭。

"我想我们必须步行了。"天天回答。

"不。"亨利在车后面说。

"那是什么意思?"罗里问。

"我会演示给你们看,如果你们愿意再次归位的话。"

四人回到他们的座位,亨利还在驾驶的座位上。杰克希望亨利不是在计划着用激光器强行通过隧道。如果他那么做,整个隧道会从他们上面塌下来的。

"米莉,能不能按一下你右边的黄色按钮。"

米莉皱起眉头,但是还是照亨利说的做了。杰克听到呼呼的声音,他看向前视屏幕,一个襟翼在车前打开了。

"现在,按下下面那个橘色按钮。"亨利说。

米莉按他的指示做。这次杰克看到有锥形物体从车前伸出,看起来像个巨大的螺锥。

"然后是橘色按钮下面那个红色的,米莉。"亨利说。

这次杰克未见其形,先闻其声。巨大的螺锥转了起来,他意识到那是车身附带的大钻头。这辆车真的是太先进了。

"最后,是面板底部的棕色按钮。"亨利说。

当米莉按下棕色按钮,杰克看到亮黄色的光在车前亮起,就像打开了一个大手电筒。现在他们在更深入隧道的时候,也可以看清楚周围的环境了。

他们开始穿进隧道,向前开进。车前的钻头把石头推开,他们在亨利的探测器发出的蜂鸣声引导下,慢慢前行。隧道在水星地表下蜿蜒,到了要拐弯的地方杰克就发出指示。他们似乎也在向着水星的中心前进。当车钻得更深后,周围岩石的颜色开始发生变化。

没多久,亨利的探测器开始闪出亮蓝色的光,蜂鸣声也更响亮了。他举起它来。

"我们正在靠近!"亨利说。

他们继续前进,外面变得更黑了,探测器闪得更亮了。杰克知道他们距离目标越来越近了。他希望自己能尽快找到炸弹,回到安全的地表上去。

忽然隧道变窄了。就算用上车前的钻头,也不可能通过。前方的路只比一个人宽一点点,也只有一人高。他们离得很近了,但现在看起来却很难成功。

巨大的螺锥试图推开岩石。车子开始冒

烟,噼啪作响。

"米莉!紧急停止按钮!"亨利喊道。

但是太迟了。米莉还没来得及按下按钮,灯啪的一声灭了,车停了下来。

米莉尖叫起来。天天抓住了杰克的手臂。他们现在身处水星内部一个黑暗的地方,附近还有炸弹。杰克真希望他现在是在温暖舒适的家里,和父母一起等着看行星排列。

"怎……怎……怎么办?"米莉结结巴巴地问。

"我们必须从这儿走过去。"亨利平静地说。

杰克觉得自己的胃里比一碗冻干麦片还要稠,要在黑暗中穿过一条隧道太可怕了。但是没有其他选择,他们必须在爆炸前找到炸弹。

他们小心翼翼地走下车,杰克向前伸出胳膊摸索,不知道他在黑暗中会遇到什么。亨利打开他的胳膊,拿出一个手电筒打开。它很小,所以光不强,但他们至少可以大概知道隧道的走向了。

"那儿是入口。"天天咕哝着,亨利把灯放在了狭窄的入口。

罗里紧张地瞥了一下四周。米莉在黑暗中颤抖着向前迈出了一步。

杰克用力咽了咽口水,然后他们开始缓慢地在隧道中穿行。

杰克跟在亨利后面,亨利用他的炸弹探测器搜索着被设定摧毁地球的炸弹。穿着笨重的太空服让他们行动缓慢。当他们走到了地下矿坑的深处时,四周更黑了,杰克所能看见的只剩下手电筒射出的微弱的光和亨利的探测器的蓝光。蜂鸣声还是很大,所以杰克知道他们走得是对的。他只希望当他们找到炸弹的时候亨利可以轻松地拆掉它。隧道让他觉得紧张,他等不及想出去。这时,他撞到一个坚硬的物体。

"啊!"他喊道。

"对不起。"亨利回答。

他撞到了亨利。电子人忽然停了下来,杰克在黑暗中没看到。

"就是这里。"亨利说着转向隧道右手边的墙壁。

探测器的响声很大,闪烁着的蓝光变成了靛蓝色。唯一的问题是杰克看不到任何东西,只能看到一面平整的墙。

他们五个在黑暗中检查了整面墙,但还是没有发现任何东西。

"这儿什么也没有。"杰克喊道。

"也许它被埋在墙里了?"天天说。

"等等!"米莉看着上面说,"是那个吗?"

杰克看向她指着的地方。一个暗红色的圆柱体凸了出来,有点像个巨大的生日蜡烛。他向上探去,抓住了它。

"不!别碰它!"天天说,"那不是炸弹,是个岩石爆破管,可能是在矿坑关闭的时候被留在这儿的。如果你把它拉出来……"

但是杰克已经把那个红色的物体抓在手上了。它开始变热。他意识到自己不小心触发了它。

"哦不!"他尖叫,"快跑!"

杰克用尽全力向前扔掉爆破管。其他人转过身,沿着矿坑隧道往回跑。杰克跟在最后。

砰!爆破管爆炸了。杰克摔倒在地,爆破的冲击力把他扔出去,有些碎片落在他背上燃烧着。

他静静待着,直到尘埃落定,然后他艰难地翻身起来,摸了摸刚刚撞在墙上的头。他感到后背一阵剧痛,而且他完全看不到任何东西。他擦掉脸上的尘土,这样好多了。幸好亨利的手电筒还能发出微弱的光,现在他至少可以看到面前的一堆碎石。他看看周围。

"大家都还好吗?"

"我还好。"天天说着,使劲站了起来。

"是的,但是我好脏啊,"米莉说,"而且我感觉像是吃了个沙子三明治。"她从嘴里吐出泥土。

"我感觉不到我的腿了!"罗里惊恐地喊道。

"我下面有什么东西在扭动。"亨利说。

"因为你正坐在我的腿上!"罗里喊道,"怪不得我感觉不到它,你这个大金属块。"他把电子人从自己身上推下来。

"哦,对不起!"亨利说。

"好棒的探测器,"罗里抱怨道,"你可能会让我们都牺牲在这的。"

"这不是我的错,"亨利说,"探测器会探出所有会爆炸的材料。"

"很抱歉我启动了它。"杰克嘀咕着,不好意思地低下头来。

"别担心,如果是我也会那么做的,"米莉说,"但是咱们现在怎么办?"

"回到车上去,离开这儿。"罗里坚定地说。

"但是任务……"亨利说。

没有人理电子人。这一天他们已经受够了，而且炸弹根本不在那儿。就算在那儿，那边也已经被爆炸震下的碎石堵住了。唯一的通道是来时的路。杰克正要带领大家返回车上去，这时他听到一阵岩石碎裂的声音，是从碎石堆那侧传来的。

"什么？谁——"天天欲言又止。

他们向声源走去，穿过尘土的迷雾杰克看到一个钻头穿过碎石堆，打了个洞，然后消失了。一个熟悉的身影出现在洞口处，那张脸是杰克希望永远也不用再见的，但那一口晶亮的白牙和蘑菇状的头确凿无疑。

是葛拉道客！

葛拉道客——前王牌飞行员，他曾在太空驾校补习班教杰克和他的朋友们开车，也曾暗中策划摧毁地球。

葛拉道客攀住几块石头,强行挤过他制造出来的洞口。杰克注意到亨利快速把探测器塞回了他手臂上的控制面板。

"好啊,好啊,好啊!"葛拉道客厉声说,"看看谁在这儿?"

杰克想起当葛拉道客要把月球发射到地球上去时候的表情——在杰克和他的朋友们阻止葛拉道客之前。但是他怎么会出现在这儿呢?

"我……我想你应该在监狱里。"杰克结巴了。

"你的小电子人朋友没有告诉你吗?"葛拉道客说,"多亏我的朋友给了我一些帮助,三个星期前我从监狱里逃了出来。"

杰克不敢相信,下一位从尘埃中走出来的是瓦莱丽。在他们的上一个任务中,她试图炸

掉金星的空中酒店,再经营一个自己的酒店。杰克和他的朋友们也阻止了她的邪恶计划。现在两个恶棍都自由了。但是他们是怎么逃出来的?而且他们为什么要结伙?

"现在炸弹都准备好了,我们来送这颗没用的行星飞向地球。既然你们都在这儿出现了,我们可以把你们和这个讨厌的行星一起炸掉。"

瓦莱丽和葛拉道客同时大笑起来,直到米莉令人惊讶地把一块碎石扔向他们。天天有样学样,罗里也是,然后是杰克,最后他们把葛拉道客和瓦莱丽当成靶子。但是他们两个只是躲避着岩石,这些石块对他们来说好像只是些无足轻重的小绒毛。这样做阻止了他们走得更近,但是也没能让他们逃跑。只剩下一件事可以做了。

"回车上！"杰克喊道。

五个人跌跌撞撞地穿梭在昏暗的隧道中，向4045太空车跑去。亨利带路，女孩们和罗里跟在他后面，杰克在最后。他听到葛拉道客和瓦莱丽在后面追。他们跟得很紧，以至于能听到他们的喘息声在旧矿坑中回荡着升向地表。

终于，杰克看到了前方车子发出的银光。当他们来到车边，亨利拉开舱门跳了进去，米莉、天天和罗里也跟上去了，然后轮到杰克了。当他跳上去时，他感到葛拉道客抓住了他的太空服。杰克拼命向前够去，罗里抓住了他的手，把他从葛拉道客的魔掌中安全解救出来。天天砰地关上了舱门。

他们听到葛拉道客的拳头重重地砸在门上。米莉掌管起控制台，杰克紧张地咽了咽口

水。车子掉进矿坑后还能工作吗？米莉要发动引擎，但是4045只发出一阵微弱的声音。葛拉道客撞门撞得更厉害了，杰克不知道如果他进来了该怎么办。

不过在米莉的努力下，引擎终于启动了。亨利坐上驾驶座，他们飞速后退，在隧道中倒着开，直到回到掉落的那个陨坑处。米莉把车调到垂直，他们飞快向地表上升，冲出了矿坑。

5

他们一逃出矿坑，米莉就把车调到了水平飞行模式，他们穿行在水星表面。到了安全状态下，罗里跳出了自己的座位。他瞪着亨利，生气地把手臂抱在胸前。"你知道葛拉道客和瓦莱丽逃走了？"他质问亨利。

"不，我以为他们还被监禁着。我只知道

关于炸弹的事情,"亨利皱着眉头说着,"但现在我才知道是他们放置了炸弹。"

"如果他们已经放置了炸弹,为什么他们还会出现在那里?"杰克问。

"也许他们还没安上引爆装置?"天天给出意见。

"肯定是那样。在行星排列前剩下的时间不多了。"亨利说。

"他们的引爆装置有麻烦,我打赌。"杰克说。

"呃,伙计们,"天天打断他们的话,看着后视屏幕,"我们有客人了。"

杰克扭头看后视屏幕,有一辆太空车跟在他们后面。不用猜就知道车上是谁。

"让开,亨利,这次我来开。"罗里喊。

"等等!我有个好主意。"杰克说。

"你还有比让咱们尽快离开这儿更好的主意吗?"罗里问。

"有!比方说让他们抓住咱们呢?"杰克解释道。

"我觉得你刚才在那个矿坑里吸进了太多石粉。"罗里回答。

"如果让他们抓住咱们,咱们就有机会阻止他们引爆炸弹。如果咱们飞走了,就永远也找不到在那些矿坑里的炸弹了。那么地球,还有水星,就会被毁灭。"

罗里紧紧闭着嘴。大家都沉默着。杰克希望他们能理解被俘是唯一阻止爆炸的办法。

"不管怎么决定,咱们最好快点,"天天说,"他们越来越近了。"

"咱们来投票吧。"米莉建议。

杰克马上举起了手。他确信自己是对的,

但是没有其他人动。他屏住呼吸等待着。天天的手臂慢慢地从侧面举起来。

"杰克是对的,"她说,"我们现在是唯一能拯救地球的人。"她说完,米莉的手也举了起来。

"亨利?"杰克问道。

"我当然相信这是最好的选择。"他说。

"那就把你的手举起来。"杰克说。

"哦。这举动太奇怪了。那好吧。"他说着,僵硬地举起了手。

"为什么我总是少数票?"罗里耸耸肩,也慢慢举起了手。

现在只需要设法想出如何被抓住就行了。

"好的,保持速度,"杰克说,"不要让他们看出来我们希望被抓住。"

米莉设置好速度控制,罗里开得好像他们要飞出水星一样。

"计划生效,"天天说,"他们追上来了。现在他们飞到了我们上面。我想他们会试图锁定我们。"

正如她说的,杰克听到了哐啷一声。

"我想他们刚刚下手了。"他说。

通信屏幕一闪,瓦莱丽的脸出现了。在金星空中酒店时就已经知道她是电脑天才。她肯定已经侵入了他们的系统。

"你们被逮住了。现在我要把你们拖回矿坑,葛拉道客和我会在那儿处置你们的。"

瓦莱丽邪恶地微笑着,屏幕变回了空白。杰克吞吞口水,他希望自己没有把大家带入大麻烦。被拖回矿坑的路上,大家紧张地坐着。杰克不知道他们怎么离开这儿,或者怎么找

到炸弹和拆解炸弹。他确实知道的唯一一件事就是整个地球就靠他们了。

葛拉道客和瓦莱丽让他们走下没有尽头的狭窄隧道，把他们五个关在一个小黑洞里，那里过去是用来放采矿工具的。还有一些镐和其他的东西靠在岩石墙壁上。杰克不知道他们怎么逃出去。就算他们能逃出去，他也忘了刚才数了几个左转几个右转了，所以他不知道怎么才能找到出去的路。

大家都恼怒地看着杰克，好像他们被困在这儿全是他的错。实际上，的确是他的错。他们应该像罗里建议的那样跑掉。至少他们可以告诉CIA瓦莱丽的藏身之所。

"我能进来吗？"葛拉道客说着，为自己的玩笑大笑不止。

大家都没理他。他拿一个手电筒照射着他们。

"我有一些好消息告诉你们。"葛拉道客微笑着说道,他那晶亮的牙齿在手电筒的光中闪耀着。

"什么?"米莉急切地问。

"你们要离开这儿了。"葛拉道客说。

"真的吗?"杰克不太相信。

"不是离开整个矿坑,当然了,可以离开这里。瓦莱丽和我有些小问题,需要你们去帮忙解决。"

瓦莱丽从阴影中出现,站到了手电筒的光束里。

"对,你们瞧,我的电脑程序没有启动炸弹。"

"而我们不想拿我们宝贵的生命冒险,"葛

拉道客补充说,"所以要你们去帮我们完成。"

"我们才不会帮你们的!"天天大声说。

"你们没有选择,"葛拉道客冷笑道:"炸弹已经放置好了,我们需要它们被引爆,所以这儿有一项特别的工作给我们的朋友——亨利。"

罗里怒视着亨利,好像他跟这些有什么关系似的。

"我不知道他在说什么。"亨利坚决地说。

"但你很快就知道了。"葛拉道客笑得太过大声以至于咳嗽起来。

杰克和他的朋友们静静看着瓦莱丽把一个发射器装到亨利手臂的控制面板上。通常亨利的电子人的超能力对他们破解密码和执行任务很有帮助,但这次杰克真希望他们没有带着这个"行走的电脑"。

"有电子人的帮助就方便多了,"瓦莱丽评

论,"提醒你一下,如果你试图撤掉这个发射器,那么炸弹会立刻爆炸。"

她把发射器安在合适位置,微笑着解释当行星排列的那一刻它就会发射引爆信号。葛拉道客和瓦莱丽很邪恶,他们也很善于计划大型破坏活动。这的确是个聪明的计划。

"以我的电脑技术和葛拉道客高超的驾驶技艺,这就像捏碎一只太空虫一样容易。"瓦莱丽做了个食指和拇指按到一起的手势。

杰克扭动起来。现在他明白为什么瓦莱丽和葛拉道客一起干了,他们有彼此需要的技能。瓦莱丽设定炸弹在精确的时刻爆炸,而葛拉道客可以用他王牌飞行员的技术带他们以光速飞去任何地方。这是个危险的组合。

"是的,如果你没有搞砸炸弹启动程序,我们现在已经离开这儿了。"葛拉道客向瓦莱丽

抱怨。

"如果你开始开得够快,我是有足够时间搞定的。"瓦莱丽争辩道。

"好了,至少我们有亨利了,所有的事情最终都可以完美解决。"葛拉道客说着,挤出一个微笑。

"是的,我们马上就可以开始新生活了,再也没有烦人的小孩阻止我们伟大的计划。"瓦莱丽高兴地说。

葛拉道客和瓦莱丽大笑起来。瓦莱丽输入发射器的时间,倒计时60分钟。她关上亨利手臂上的面板。你无法相信亨利手臂上的装置能同时摧毁两个行星。杰克感觉很糟糕,看起来他们似乎出不去了。恶棍们还有一个小时就要摧毁地球和水星,而杰克和他的朋友们一起被绑在这里,束手无策。

"现在我们可以抛弃这颗行星了。"葛拉道客说。

"是时候说再见了。"瓦莱丽说,直直看着杰克。

杰克无助地看着瓦莱丽和葛拉道客,两人回身消失在隧道里。他们被锁在了这里。

他们一走,亨利就打开了他手臂上的面板,计时器已经跳到了57分钟。亨利皱起眉头,他试图在它下面的键盘里输入不同数字。

"你不能直接把它关掉吗?"杰克问。

"我在努力关掉它,但是破解不出密码。"

即使在黯淡的光线下,杰克也看到亨利的脸红了。亨利难以接受自己的失败。他们已经知道了不能直接拔掉发射器,那会让炸弹爆炸。

"瓦莱丽是个电脑高手。"杰克安慰他。

"看起来是这样。"亨利同意。

"如果我们不能阻止炸弹爆炸,那该怎么办?"天天担心地问,"我们需要个计划。"

"但是有计划又能怎么样呢?"米莉喊道,"我们被锁在这儿,什么也做不了。"

"这个简单。"亨利回答。

他打开手臂上控制面板下的秘密工具箱,拉出小喷灯。对了!杰克想,他手臂上的工具箱!CIA送他来执行这么危险的任务的时候肯定想到了他需要那些小东西。亨利打开它,把它对准了门闩。

10分钟后,亨利在门上弄出了一个大洞,五个人溜了出去。距离炸弹爆炸只剩45分钟了。

"我们现在该做什么?"米莉问。

"找到炸弹,装上车,把它们扔到太空里。"亨利说。

"恐怕时间不够！"天天说。

"我们必须试试。"杰克坚定地说。

亨利点点头，从手臂上的秘密工作箱中掏出炸弹探测器。

在亨利的探测器的指引下，五个朋友在水星地表下的隧道中飞奔。他们向着蓝光指引的方向奔跑，当他们向隧道中心跑去的时候，蜂鸣声变得更大了。越往深处越黑、越热，但探测器显示他们正在靠近。杰克只希望他们这次能找到真正的炸弹，而不是矿坑里的老爆破管。

终于探测器变成了靛蓝色，发出一声长鸣。亨利停了下来。

杰克只能看到一个长形银色物体插在岩壁的壁架上。那肯定是个炸弹。电子人非常小心地把它从壁架上拉下来。

"找到一个了。"亨利说。

"现在还有多少时间?"米莉问。

亨利把炸弹递给她。她小心翼翼地接过来。

"30分钟。"

"我们得赶快!"罗里喊道。

随后他们在水星的中线上发现了另外三颗炸弹。葛拉道客把它们安置在了一条线上,希望在水星中心引爆三颗炸弹。他们很肯定内部的爆炸能摧毁整个行星。这个计划看似不赖。亨利解释说当炸弹爆炸的时候,这颗行星会裂成两半,就像破裂的鸡蛋。

只剩20分钟了,下一步就是带着炸弹回到车上,在炸弹爆炸之前离开水星。

不过,找到车子并不像他们想象的那么容易。他们在寻找炸弹的路上有探测器的指引,拐了那么多的弯弯绕绕,现在要搞清楚哪条路向上哪条路向下都有困难。

"我们还有多长时间?"杰克问,在隧道里跑得有些喘。

"16分钟。"亨利说。

"我们肯定来不及找到车了。"罗里抱怨道。

"如果我们利用太空服上的温度计呢?"天天出主意。

"你说的是什么意思?"杰克问。

"地表是最冷的地方,对吧?"天天解释。

"对啊,所以呢?"罗里嘀咕。

"如果我们跟着隧道里的冷空气,就能找到地表。"

"你太有才了!"杰克说。

他们都看向太空服上的温度计,指针转向左边,他们便沿着左边的隧道跑去。

"我的温度计升高了。"米莉喊道。

"那我们得走另一边。"天天说。

他们都转过身,向反方向跑去。杰克注意到他太空服上的温度开始下降了,他们也许真的可以及时出去。

他们继续跑向低温的方向。当温度升高而不是降低的时候,他们就得赶紧折返。这招虽然有点费劲,但似乎管用,因为越接近地表,温度下降得越快。然后,杰克看到了前方有光线在隧道的地面流动。

"在那儿。"他说。

"我们还有多长时间?"米莉问。

"9分钟。"亨利说。

"行动起来!"杰克喊道。

9分钟,他想,这点时间足够让他们离开这个星球,安全地把炸弹扔进深邃的太空里吗?

7

杰克和朋友们爬上4045，米莉负责控制台，亨利坐在驾驶员的座位上，大家都快速系上了安全带。

杰克带着炸弹来到车后面。他们的计划是把炸弹放在紧急逃生舱。一旦离开水星足够远，就释放逃生舱，炸弹将会安全地在太空

中爆炸。

"现在还有多久?"罗里问。

"还剩6分钟!"亨利宣布,"我们必须走了!"

米莉发动车。

没有动静。

"发动不了。"她喊道。她按下各种按钮,拨表盘,但是引擎仍然没有反应。

亨利松开安全带走过来。他试图让车启动,但是没有用。

"米莉是对的。有什么东西坏了。"他检查完控制面板说,"啊,看起来启动装置不见了。"

"那是什么意思?"罗里问道。

"意思是如果我们不马上起飞,这颗行星就难逃一劫——地球也会跟着陪葬!"天天带

着哭腔回答。

当她说话的时候,杰克发现了启动装置到底发生了什么事。他查看紧急逃生舱时发现那个熟悉的蘑菇形状的头从逃生舱的通信屏幕上正往外看。是葛拉道客!但是他在这儿做什么?他为什么不和瓦莱丽一起逃离这个危险的行星?

杰克打开逃生舱外的对讲机。

"瓦莱丽把我锁在这儿了。你们需要这个。"葛拉道客急切地叫道。

他举起一个像电脑芯片的小东西,那是启动装置。

"如果你们想要离开这儿,阻止爆炸,必须让我出去。"葛拉道客威胁道。

"让他出来。"亨利说。

"不能那么做!"杰克不同意。

罗里看起来有些不高兴。

"我和你们一样想看到瓦莱丽被逮捕，"葛拉道客嚎叫着，"她想杀了我，在我帮了她之后。"

"我想应该让他出来。我们需要启动装置！"米莉说。

"而且我们需要打开逃生舱放炸弹。"天天表示同意。

"好吧，"杰克同意了，"但是你别乱来，否则我们就把你和炸弹一起关进逃生舱，送上太空。"

杰克看到葛拉道客的嘴角不经意地向上弯出一个弧度。他希望他们没有犯下大错，但是他们必须尽快离开水星。

舱门一打开，罗里就冲了过去抓过启动装

置。他跑回控制面板前,把它递给亨利。同时,杰克把炸弹放进逃生舱,紧紧上了锁。他回到自己的位置上,系上了安全带,准备出发。距离炸弹爆炸只有5分钟了。

"我怎么解锁启动装置?"亨利急得出了一头汗,问葛拉道客。

"我不知道,"葛拉道客生硬地回答道,"瓦莱丽可能锁了它。"

"这儿有说明该怎么做。"天天惊喜地说。

天天从主控中心拉出一个面板,上面有加密说明。杰克从来不会想到要看驾驶手册。天天快速翻着页,直到找到了需要的部分。

"在这儿!"她读道,"解锁启动装置。"

天天读出说明,亨利按序按下启动装置上的小按钮,直到盒子弹开了。咔哒一声,亨利把芯片塞进车子的控制面板。米莉发动双推进

器,他们起飞了,还剩3分钟。杰克希望他们能离水星表面足够远。罗里驾车带着他们飞得越来越高,亨利举起计时器,这样他可以看到什么时候该放掉逃生舱。倒计时还剩30秒、20秒、10秒……

"放舱!"杰克说。

米莉按下释放按钮,大家都聚集在后视屏幕前,屏住呼吸。

逃生舱旋转着跌入太空。当发射器上的数字消失时,远处出现一道巨大的白光,随后又有三次爆炸。成功了!炸弹被安全释放了。

与此同时,行星开始排列了。排成一排的行星,看起来像一颗长而亮的星星,拖着一条长尾巴,在不同的点闪耀着。大家都鼓掌欢呼着,拥抱彼此。杰克看向葛拉道客,他怒视着屏幕。他炸掉地球的"梦想"再次失败了。杰

克走了过去,站在他身后。

"也许现在你该告诉我们为什么瓦莱丽会把你锁在逃生舱里了。"杰克说。

葛拉道客紧闭着嘴,抱着胳膊。他不打算说任何事,但是杰克已经猜到发生了什么。

"她背叛了你,是吗?"杰克说。

葛拉道客只是笔直地盯着前方,但是他的眉毛皱了起来。

"她飞走了,留你在这儿被炸死。她甚至想要把启动装置锁起来,这样你就不能逃跑了。"

"但是她怎么能把你这么大的一个人锁在这儿?"天天问,"她没那么强壮,不是吗?"

"她骗我进逃生舱去检查功能是否正常。"葛拉道客抱怨道。

"我进去后,她就把我锁在了里面。"

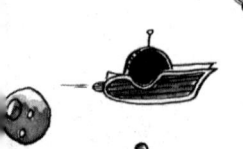

"那可不是朋友所为。"米莉说。

"我们从来都不是朋友，"葛拉道客厉声打断她的话，"只是合作伙伴。她负责程序，我负责安全驾驶。我们都想去金星。"

一说出口，葛拉道客就意识到自己错了。他泄露了瓦莱丽的藏身之所。

"带我们去那儿！"杰克下令。

葛拉道客停了几秒钟，然后点点头。

亨利挪到一边，葛拉道客坐上驾驶座。亨利打开自己手臂上的面板，输入了什么东西。一条向CIA求助信息的全息影像从他手臂上方显现出来，但很快又消失了。

"系上安全带，"葛拉道客说，"我会开得非常快，如果想要抓住她的话。"

8

杰克本不该为瓦莱丽藏身于金星感到吃惊。当葛拉道客带他们驶进那颗行星的大气层时,杰克看见她那被废弃的城堡阴森森地出现在前视屏幕里。在杰克和他的朋友们揭开瓦莱丽预谋摧毁自己工作的酒店时,他们发现她建造了她自己的金星酒店,是在

机器人的帮助下，用冷掉的熔岩形成的黑曜石建成的。

葛拉道客把太空车停在城堡前，他解释说他和瓦莱丽计划先回城堡躲着，直到他们可以逃到外行星去。如果杰克他们最终同意给他自由，他就同意帮他们抓捕瓦莱丽。杰克不知道葛拉道客和瓦莱丽是怎么从CIA的监狱里逃出来的，但是他打赌他们下次再被抓住，那儿的安保就要升级了。

他们走到城堡前，走过一个岩石吊桥，一条滚烫的岩浆护城河在吊桥下流淌。杰克可以闻到周围火山的硫磺味。这可怕的气味让他更加迫不及待地想离开这个地方，他希望CIA马上就能到。

他们停在城堡的大门前，那门有葛拉道客三倍高。杰克推了推门，门没动。他更用力推，

门依然纹丝不动。

"你确定她来这儿了?"杰克问。

"她不会欢迎别人进去的,不是吗?"葛拉道客说,"她躲起来了。"

"所以我们该怎么进去?"米莉问。

"让我来。"葛拉道客回答。

葛拉道客解释说他和瓦莱丽有个公用密码。

"应该管用,"他补充道,"她也许还没改,因为她认为我现在已经被炸死了。"

他让孩子们躲在大门旁边。他嘀嘀咕咕自言自语地说,他等不及看瓦莱丽发现他还活着时的表情了。孩子们不知道该怎么办,便按照葛拉道客的话做了。葛拉道客在键盘上输入密码的时候,杰克瞥了下四周,什么也没发生。正当杰克要走回去的时候,忽然嘎吱一

响,门开了。杰克和朋友们从城堡大门两侧冲出来,但是门已经开始关了,葛拉道客侧身溜了进去。

"等等!"杰克尖叫。

他冲到门前的时候,门已经又紧紧关上了,而葛拉道客安全进到了里面。他骗了他们。杰克无助地捶了一下大门。他没能看到葛拉道客按了什么数字,因为他的大蘑菇头挡得严严实实。他试了几组数字,但是没有用。键盘一直显示"错误密码",门打不开。

他转向亨利:"你能破解密码吗?"

亨利走到门前,开始输入不同的数字,他动作之快让杰克都看不见他按了什么。但还是没有用,门依然紧紧关着。

"我们现在怎么办?"米莉喊道。

"也许有别的入口可以进去。"天天

提议。

他们分组行动,去寻找城堡的另一个门,或是窗户,只要是能进去的地方。他们沿着城堡的围墙摸索着,杰克想知道城堡里发生了什么。葛拉道客和瓦莱丽会打起来吗,还是他们会联合起来,继续他们的计划?他们没有找到别的入口,都回到了主门。看起来这门是唯一的入口。

亨利甚至尝试了他的喷灯,但是它在坚固的黑曜石面前没有用。就在大家都一筹莫展时,驶来了一辆银色的弧线型的车。是CIA!他们能抓住葛拉道客和瓦莱丽,并把他们投进监狱了,这两个坏蛋本就属于那儿。

车停到了4045旁边。杰克等着特工布里和威尔走出来。不过,走出来的却是他们在上次任务中遇到的CIA初级特工。他想知道她训

练得怎么样了。上次威尔对她颐指气使，但现在她看起来自信多了。她的太空服很合身，公文包夹在身侧。杰克和他的朋友跑上前去欢迎她。

"我们收到亨利的求助信号，"她说，"当我们看到他前往金星时，就知道任务出了问题。"

"布里和威尔在哪儿？"杰克问，他向车看去，但是没看到有人出来。

"他们只派我来了。这是我的第一个独立任务。"初级特工说，挂着犹疑的微笑，"别担心，现在所有的事情都会好的。"

"但是有点难，不是吗？"天天问。

"什么意思？"初级特工问。

"葛拉道客和瓦莱丽是有史以来一对最邪恶的恶棍。他们刚从CIA的监狱里逃出来！"

初级特工挺直了腰,用力拉拉她制服的前摆,抬起下巴:"我想我可以搞定这些,而且我有你们的帮助。"

"当然,对不起,我们……"天天结结巴巴说。

"他们在哪儿?"初级特工打断她的话。

"在那儿。"杰克说着,指向大门。

亨利快速地告诉她事情的经过。

"你确定有完成这个任务的技能吗?"亨利说完经过后皱起眉头问她。

初级特工以行动回答他,她把公文包放到地上,咔哒一声打开了。

"你觉得怎么样?"她回答说。

她拉出一根太空蠕虫丝制的绳子,一个激光切割机,还有一个看起来像X光护目镜的东西,杰克此前只听说过它的存在。

"啊，太好了！"亨利说。

杰克忍不住笑了。他通常很少能见到这个电子人发出赞叹。

"好吧，我们走。"她说。

他们都跟着初级特工回到城堡门口。特工打开切割机，一束红光射出来，她指向大门。几秒钟后，她已经在坚实的大门上切出了一个开口。是个完美的长方形，像个门中门。

"你们先进。"她说。

杰克紧张地吞吞口水。就算他很高兴有特工陪着他们，他还是很清楚葛拉道客和瓦莱丽有多么狡猾和阴险。他们很难被抓住。当然，除非瓦莱丽和葛拉道客起内讧了。如果他们现在正忙着吵架，精力分散，初级特工逮捕他们就容易了。杰克真的不知道该期待什么。

里面是个空荡荡的前厅。所有的东西都是

黑曜石做的，就像杰克记忆中的样子。这里没有一抹颜色，黑而沉闷，也没有瓦莱丽和葛拉道客的影子。

"我们得分头找他们，"初级特工说，"我和亨利上楼。杰克，你和天天去右边，罗里和米莉去左边。"

她递给他们每人一个纤细的金属管。

"这是无声跟踪哨。你们找到他们的时候，或者你们有任何麻烦，就赶紧吹它。它会给我发送你们的危险警报和你们的位置。"她把一个小听筒推进耳朵，"我们走！"

杰克和天天走向通向门厅右边的走廊。他希望能很快找到瓦莱丽和葛拉道客，这整个地方都让他毛骨悚然。

杰克和天天沿着昏暗的走廊前进，走廊两侧有一些门，他们小心翼翼地打开每扇门检查里面的房间。杰克猜它们本来应该是酒店房间，但是里面除了一张石床、一张桌子和一把椅子外，别无他物。找不到葛拉道客和瓦莱丽的踪影，但看来他们也不在这

些房间里。杰克和天天跑去下一个大厅,直到他们看到一个熟悉的门。杰克认出那是实验室的门,以前,瓦莱丽就在那儿孵化着她邪恶的计划。

"在这儿!"他小声对天天喊。

但是当他打开实验室的门时,里面没有一个人。他们又试了另外一条走廊,但在走廊尽头杰克看到左右分出了岔路。这里比水星的地下隧道还要糟糕,杰克想。简直就是迷宫。不过好在它只是个城堡——不用很久,他们中的一组就会发现瓦莱丽的。

他知道初级特工为了安全起见让他们成对行动,但是他和天天决定他们俩各走一条路,这样更快。杰克让天天走右边,他走左边。

当杰克沿着走廊跑的时候他注意到这个区域没有门,前方看起来又进了死胡同。什么

样的走廊会没有门啊?这里真的很古怪。终于他跑到了尽头,仍然一无所获,他靠在空荡荡的墙上喘气。突然,他觉得背后有东西动了,是一扇门!他肯定偶然发现了一个秘密入口。他用力一推,门转开了。

走进去后,他发现自己好像在一个控制中心的大房间里。杰克倒抽一口气,一些架子上摆满了银色的火箭状物体。哦不!更多的炸弹!葛拉道客和瓦莱丽计划摧毁的肯定不止地球和水星。这儿的炸弹足够摧毁所有行星。瓦莱丽肯定是回来完成她未竟的事业了。杰克的心沉了下去,看起来两个邪恶的人已经密谋好炸掉大半个太阳系了。

杰克踮脚沿着墙走,进入了另一个连着的房间,那儿的情况更糟糕了。对面有不止一个,而是大约十个机器人,与上次杰克和他的朋友们在这见到的那个一样。机器人毫无生气地站在那里，像中世纪城堡里的盔甲骑士。杰克想知道这些炸弹和机器人是怎么制造出来的。据葛拉道客说，他和瓦莱丽几周前才从监狱里逃出来。他们肯定无法在短时间里做出这么多邪恶的东西。

他听到了动静，附近的一个房间有声音传来。杰克快速躲到了一个静止的机器人身后。不难猜，争吵的人是葛拉道客和瓦莱丽。杰克竖起耳朵听着。

"你以为你成功背叛了我？"葛拉道客咆哮。

"我……我……"瓦莱丽结结巴巴。

"但是你做得不够好，那些愚蠢的孩子干扰了我们的计划，阻止了爆炸。"

"什么？！"瓦莱丽尖叫。

"没有我你什么也做不了!现在,我要确保这次它能完全实施。"

杰克往后退去,想去通知其他人,但不巧碰到了其中一个机器人,它倒在了地上。他要暴露了!葛拉道客立刻向他走来。杰克大为恐慌,不知道该做什么。这时,他想起了初级特工给他的哨子。他转过身去,背对着葛拉道客,拿出哨子吹了一下。等他刚把它塞回口袋,葛拉道客就抓住了他的制服,拽他转过身。

"这不是我们的小朋友来看我们了嘛。"葛拉道客冷笑。

杰克想逃跑,但是葛拉道客太强壮了。他抓着杰克的衣服,把他拖进了另一个房间。杰克惊讶地看到葛拉道客已经把瓦莱丽绑在了椅子上,当看到杰克的时候,她愤怒地扭动起来。杰克忍不住微笑起来,他想起上次他和朋友们发现她试图摧毁空中酒店后,她也是这么对他们的。现在她罪有应得。不过他的笑容很快就消失了,因为葛拉道客把他推到瓦莱丽旁边的另一张椅子上,也绑上了他。他现在唯一的希望就是初级特工听到了他的哨音,会来救他。

葛拉道客走向一个3D大屏幕,它展示了整个太阳系正在运行的行星,每颗行星的中心都有红色圆点在发光。

"那些点是什么?"杰克问。

"你那么聪明还没猜出来?"葛拉道客说,他爆发出大笑,晶亮的牙齿闪闪发光。

"红点标记着炸弹爆炸时要被炸飞的行星。"

"但那是所有的行星啊!"杰克喊道。

"就是这样,"葛拉道客说着,露齿而笑,"10分钟后,我们的整个太阳系就要永远

消失了。"

杰克看向瓦莱丽。她的脸比之前更苍白了，但她的脖子很红，汗从脸上流下来。这不是个好的信号。

"这儿不行！金星不行！"瓦莱丽大喊道，"我漂亮的城堡不行！"

如果情况不是这么糟糕，杰克会为瓦莱丽说她的城堡漂亮而哈哈大笑。但现在，他更担心这个疯子要做什么。

"现在，只需要激活发射程序，我就可以安全地飞往月球。与此同时，你们全都，呃，去死。"葛拉道客再次大笑起来。

"没这么容易！"

杰克转过头去。是初级特工，天天、米莉、罗里和亨利跟在后面。

"你听到了我的哨子声。"杰克松了口气，

亨利快速给杰克松绑。

初级特工开口之前杰克就快速解释了葛拉道客要炸毁所有行星，逃到月球上去的计划。

"好吧，那么，我现在需要这个。"初级特工回答。

她从公文包里拿出一个遥控器，看起来像杰克玩仿真游戏用的遥控器。初级特工举着遥控器，按下一个按钮。杰克和他的朋友们看看彼此，十分困惑。就在这时他听到了金属摩擦的声音，然后是脚步声——是机器人。它们走进房间，初级特工按着遥控器上的箭头。

杰克无法相信，她在控制着机器人！杰克和朋友们惊讶地看着她。但是现在有了机器人的帮助就能完胜瓦莱丽和葛拉道客了。炸弹一被拆解，他们就会被投回监狱。

但是让他们不解的是，机器人没有走向瓦莱丽或者葛拉道客，实际上，它们走向了杰克和他的朋友们，并且在他们周围形成了一个圈。初级特工是想保护一下他们吗？这种做事方式很怪异。不过，她肯定知道自己在做什么。初级特工转向葛拉道客和瓦莱丽。

"我对你们两个非常失望。我帮你们从监狱重获自由，你们对我的回报却是搞砸了你们该做的事。"

"你在说什么？"杰克打断她的话。

初级特工皱起眉头说："这两位需要做的全部事情就是设定好第一批炸弹，但是他们连这么简单的事都没有做到。我期盼着CIA的警报通知水星撞了地球，但一直没有发生。然后CIA就收到了亨利的紧急信号。要知道，说服布里和威尔让我接手可不容易。毕竟，我只是个初级特工，不过幸运的是，他们最终还是同意了。"

"你才是幕后主使？"杰克完全被惊呆了。

"否则你以为这两个白痴是怎么从监狱逃出来的？靠他们自己是不可能做到的。不过我确实需要他们帮助我完成炸弹的部分，这样才好实现我的计划。那本该是十分完美的，却被这两个笨蛋搞砸了。现在你们知道了我的身份，事情就复杂多了。不过没关系，你们谁也无法告诉CIA这个故事了，因为炸弹一爆炸，你们也会被炸成一堆太空垃圾。"

她转过身，走向葛拉道客和瓦莱丽。

"现在我要拿你们两个怎么办呢？"

10

当初级特工转过身,亨利镇定地从口袋里掏出那个超级黏性手。他快速把它抛向特工,准确击中了遥控器并抓住它,一瞬间缩了回来。亨利用另一只手抓住了遥控器。CIA这个烦人的发明在偷太空果汁糖之外终于派上了用场。

"我命令你把那个遥控器还回来!"初级特工喊道。

"我不会接受一个间谍的命令。"亨利说。

亨利只花了几秒钟就搞定了遥控器。初级特工忽然向门口跑去,但亨利比她更快,一瞬间,机器人在亨利的指挥下包围了间谍特工。瓦莱丽开始尖叫,试图从椅子上挣脱出来,但没有用,她哪儿也去不了。初级特工对着亨利咆哮。混乱中杰克四处寻找着葛拉道客。他去哪儿了?

"葛拉道客跑了!"杰克喊道。

"我们必须在他逃走前阻止他。"

"亨利,你看住瓦莱丽和初级特工。我们去追葛拉道客。"杰克对亨利喊道。

杰克和朋友们冲进其他房间,都没有找到那个恶棍的踪影。他们跑向另一个房间,看到

了葛拉道客在房间的另一端，他正抓着墙上的炸弹。

"住手！"杰克喊道。

葛拉道客转身看着他们。他又拽下了另一个炸弹，他的手里现在有两个炸弹，他从门口跑出去，并用脚用力关上了门。杰克用力打开门，左右看看，但葛拉道客已经消失在了长长的走廊里。

"你觉得他去哪儿了？"米莉问。

"他肯定是去太空车了。"杰克回答。

朋友们向城堡大门方向跑去，他们冲过吊桥的时候，葛拉道客已经登上了初级特工的车，也许他觉得那辆车是两辆车里比较快的。

"快！他逃跑了。"罗里喊着向车跑去。

葛拉道客太快了。当他们马上就要碰到车的时候，舱门关了，他对他们亮齿一笑，飞走了。现在他们唯一的希望就是开着自己的车追上葛拉道客。

"去4045。"杰克下令。

朋友们转身向车跑去。罗里坐上驾驶座，杰克负责前导航，天天负责后导航，米莉发动了引擎，把增压机调到了最大速度。不一会儿，他们也起飞了，紧咬在葛拉道客车后。

"你们觉得他会去哪儿？"米莉问。

杰克知道他肯定要去那儿。那是葛拉道客被从地球上赶走后唯一的家，他被安排在那儿教授太空车驾驶补习。最重要的是，他在那儿拥有秘密地下电脑实验室。

"他还没有那些炸弹的引爆装置。我打赌那里是他唯一可以弄到一些引爆装置的地方。"他说。

其他人一起说："他要去月球！"

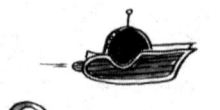

杰克放大屏幕直到他清晰地看到了CIA的车。那肯定曾是全太阳系最好的车之一，因为就算他们开着4045，葛拉道客也已经远远跑在前面了。毕竟，他曾是个王牌飞行员。

"他在我们前方一分钟远的距离。"杰克跟他朋友们说，"能让车再快点吗？"

"两台增压机都启用了。"米莉说。

"我已经尽最大努力在开了。"罗里说。

"希望不大。我们永远也追不上他。"米莉叹气。

"肯定有办法。"天天说。

杰克试着回忆在太空驾校补习班的时候葛拉道客教过他们的关于驾驶的所有东西。是团队合作让他们通过了考试，也是团队合作帮他们第一次阻止了葛拉道客的阴谋。那就是答案。葛拉道客只有一个人，但是他们有四个人。如果他们一起投入,就可以阻止葛拉道客。杰克很确信这点。

"葛拉道客也许是个更好的飞行员,但是我们这里有四个脑袋。我们怎么才能智胜他?"他说。

所有人都沉默着,努力想办法,任何办法,只要能阻止葛拉道客。但葛拉道客与他们之间的距离变得更大了。

"这是目前最先进的车,肯定有什么设备是我们能用上的。"天天说。

"就是它!"杰克喊道,"激光!"

"它们能帮什么忙?"米莉问。

杰克快速解释他的主意。他们必须正确使用它,否则将会是场灾难,但是现在他们除了试试别无选择。

不一会儿,满是陨坑的灰色的月球表面进入了视线。杰克可以预料葛拉道客再有几分钟就会降落了。他给了米莉一个信号,她把激光设到了最低档。他们的主意是在路上制造一些破坏,但不能摧毁一切。

"往右一点。"杰克对罗里说。

罗里偏了一点车。

"再一点。"他说。

罗里移得太过了,杰克让他往左开回一点点。这让他想起他的妈妈和爸爸试图为观看行星排列给显微幻灯机找个合适的位置。真希望他们知道他现在正在做什么。

"好了,就是那儿。那么……发射,米莉!"

米莉按下按钮,激光从车上射出。它径直射向葛拉道客的车,但是由于他已经开始着陆,降低了高度。激光从车上方射了过去,完全错过了。

他们又试了一次。这次天天根据葛拉道客着陆的角度算出了它的精确位置。这样当他更靠近月球的时候他们就不会错过了。如果这次他们没有击中他的车,他就会着陆了,在他们阻止他之前,他就能拿到那些引爆装置。

杰克盯着前视屏幕。当他们对准后,杰克指示米莉发射。她的手按下按钮的时候还在颤抖。激光再次射了出去。这次它击中了葛拉道客左边的引擎!引擎如流星般在一片火花中爆炸了。

"你做到了!"杰克喊道。

"现在我们只需要再打中另外一个。"罗里说。

现在其中一个引擎没了,葛拉道客已经失

去了一些速度，他们正快速地追上他。不过如果他们不能打掉他另一个引擎，速度还是不够快。天天再一次计算出了新的位置。她得出数据后，杰克引导罗里再次瞄准，然后他再一次指示米莉发射。

激光射出后，他们都屏住呼吸。它有点太靠左了，但还是击中了引擎。葛拉道客车的右边冒出了火花，然后变黑了。

"打到他了吗？"米莉问。

杰克紧盯着屏幕。一开始不容易看出来，但是接着车速就开始慢了下来。

"绝对打到了！他失去动力了！"杰克说。

现在到了他们计划的最后一步，也是最危险的一步。他们得让葛拉道客投降。

米莉轻敲着通信控制板，因为两台车都是CIA的，很容易就接入了葛拉道客那辆车的频道。扩音器噼啪一声，视讯屏幕亮了。葛拉道客的脸出现了，他看起来很不高兴，愤怒地鼓着腮帮子。杰克对着麦克风说话。

"都结束了，葛拉道客，"他说，努力让自

己听起来很强硬,"现在投降的话,我们就会翻转我们的车和你的车对接。"

"我绝不会向一帮补习学校的学生投降!"葛拉道客不屑地说。

"你没有选择。你没有引擎了,会撞机的。你必须得到我们车上来。"杰克说。

"绝不!"葛拉道客喊道。

屏幕黑了。葛拉道客关掉了自己的通信设备。杰克无助地看着自己的朋友们。如果葛拉道客不想被救,他不知道他们还能做什么。他忽然觉得破坏引擎这个主意很糟糕,但是他当时想不出来其他可以阻止葛拉道客的方法。

"咱们现在怎么办?"米莉问。

"我们最好跟着他。"天天说。

米莉将控制器调整到着陆模式,罗里驾

车飞在葛拉道客后面。杰克紧张地看着前视屏幕。

"好的,他准备着陆了。"杰克说。

银色的CIA车向月球表面飞去。没有了引擎,葛拉道客失去了对车的控制,它着陆的时候剧烈地晃动着。车子重重地撞到了地上,由于撞击力太大,它翻倒在地,在月球表面滑行了很久,直到撞到了一个陨坑。杰克看着车子滑到陨坑边缘,底儿朝天掉了下去。车子死气沉沉地躺在那儿,就像一个仰着不能动弹的太空甲壳虫。然后一阵烟雾涌了出来。

"他着陆了?"罗里问。

"嗯,是的,但是他被困在了陨坑里,而且是底朝天。"

"我想知道他还好吗。"米莉紧张地说。

"只有一个办法了。"罗里说着,打开了起落架。

罗里的着陆比葛拉道客平稳多了。他们快速解开安全带,杰克打开了舱门。米莉、罗里和天天跟在后面。

他们来到葛拉道客的车所在的浅陨坑处。杰克往下看去,但是浓烟滚滚,他什么也看不见。他不小心吸到烟,开始咳嗽起来。他挥舞着手,示意其他人跟上。

他们爬进陨坑里。葛拉道客的车还是没有任何动静。杰克找到舱门,它因为撞击已经变形了。他想拉门,但是打不开。其他人也加入进来,还是打不开。

"我们得试试从紧急出口进去。"杰克说。

他们跑到车的那侧,但是里面反锁了。

"我有个主意。"天天说。她爬出了陨坑。

杰克看看罗里,但他只是耸耸肩。他们了解天天,不管她的主意是什么,似乎总是管用的。

不到一分钟,她又出现了,手里拿着一个太空镐。

"大家往后站!"她说。

她用尽全力把太空镐砸向逃生舱的窗户,砸出了一个和她的拳头差不多大小的洞。她把手臂小心地穿过那个洞,从里面打开了锁。

他们从舱门潜入车里,车里很安静,但杰克听到了一个低低的呻吟声。他循着声音,发现葛拉道客瘫在驾驶员的座位上,他的头卡在控制台上。撞击把他的座位推到了控制台前,他被紧紧地困在其中,动弹不得。

"葛拉道客!"杰克说。

葛拉道客再次呻吟起来。"可恶的孩子们。"他低声咕哝。

"我想他没事。"杰克说。

杰克听到车外传来轰鸣声。

"是谁?"米莉问。

天天跑了出去。不一会儿她探进头来。

"是另外一辆银色的太空车。我想这次应该是真的CIA了。"

他们丢下葛拉道客,跑向外面那辆车。舱门开了,布里和威尔——CIA的真正特工走了出来。杰克马上把他们领到了葛拉道客被困的地方。

12

布里进到车里做的第一件事就是给葛拉道客戴上了太空手铐。然后她从公文包里拿出一把激光锯子把葛拉道客解救了出来。她和威尔带他到他们的车上,把他监禁起来。威尔从车后拿出来一根太空蠕虫丝制的拖绳。

当威尔经过4045时，他用手划过上面刮花的漆面和凹痕，那是他们掉进水星矿坑的时候弄上的。他看着自己变脏的手指，皱起眉头。

"呃，很抱歉我们弄破了这台新车。"杰克说。

威尔叹气："至少它还没有葛拉道客开得那辆糟糕。"

他爬进陨坑，把拖绳的一头连接在被葛拉道客撞坏的CIA太空车的残骸上，然后又爬了出来。

"不过你们是怎么找到我们的？"杰克问，"我想是初级特工接到了亨利发出的紧急信号。"

"我们也都会收到所有发来的信号的副本"，威尔解释，"这是CIA的备份方法。"

"幸好！"米莉说。

威尔检查了一下拖绳是否拉紧了。"我们准备走了。"他说。

米莉、天天和罗里走回4045。没几分钟，他们就在回金星的路上了，CIA特工带着被逮捕的葛拉道客跟在后面。现在他们很快就要回到金星去逮捕瓦莱丽和初级特工了。

罗里平稳地降落在金星上，CIA特工在他们旁边滑停下来。威尔留下看着葛拉道客，杰克和他的朋友们带领布里去控制室，亨利在那儿用机器人包围圈管控着瓦莱丽和初级特工。

走进黑色城堡的时候，杰克还是打了个冷战。没有人想住在这么可怕的酒店里，那是肯定的。

他们终于来到了控制室。让杰克吃惊的是,亨利站在机器人旁边,他让它们都站成一排,它们在轮流扔那个超级黏性手。

"40米。"亨利说,"我赢了。"

"亨利!"杰克喊道。

亨利跳起来,快速收回那个手,还不小心打到了自己的脸。他把它剥了下来。

"你在做什么?"杰克一脸困惑。

"我终于找到了其他玩超级黏性手的方法。注意,我还重设了它们的程序才让它们喜欢上这个游戏。"

"瓦莱丽和初级特工呢?"天天问。

两个坏蛋小心翼翼地从两个机器人中站了出来。

"别担心。我让她们也一起玩。再来一轮怎么样?"

"求你了,别玩了,"瓦莱丽呜咽道,"我恨这个游戏。"

"现在就把我们带走吧。"初级特工也同意。

杰克和他的朋友大笑起来。亨利肯定用这个游戏烦了他们一段时间了。

"我很高兴那么做。"布里轻声笑道。

她掏出太空手铐,让瓦莱丽和初级特工把手放到身后。她把她们铐在一起,带着她们离开城堡。杰克和朋友们跟在后面,布里到太空车前停了下来。

"请在这里等一会儿。"她说。

布里粗暴地把瓦莱丽和初级特工带回车上。杰克叹气,很高兴她们又回到了CIA的车上。不一会儿,布里和威尔一起又出来了。

"他们现在都被捕了。"布里说。

"你们的父母该担心你们了。"威尔对杰克和他的朋友们说,"我最好早点送你们回家,跟我来。布里会驾驶4045回CIA总部。"

杰克和他的朋友们跟着威尔,爬进了银色的CIA车。杰克走向乘客的座位,打量着四周。他从来没见过这么多小工具和表盘。车里四周都是屏幕,展示着不同角度的太空。

"哇哦!"米莉吸了口气,坐到一个乘客座上。随即安全带自动扣上。

罗里坐到她旁边的椅子上。他的安全带也自动扣上了,他往后仰起,这样他就可以通过顶窗往外看了。"我也想要一台这样的车。"他嘀咕。

威尔大笑着坐到驾驶座。

亨利坐在威尔旁边。杰克和天天最后坐下来。

"准备好了吗?"威尔问。

"好了!"天天露齿一笑。

"目的地——金星、地球、火星。请设置航线。"威尔用声控下令。

飞行航线出现在屏幕上。顷刻之间,他们就飞速冲向天空,速度如此之快,杰克都不能呼吸了。他好容易吸了口气,开始想他们会不会很快又接到另一个任务。他不知道答案。但他知道的是,他非常高兴现在可以回家了。

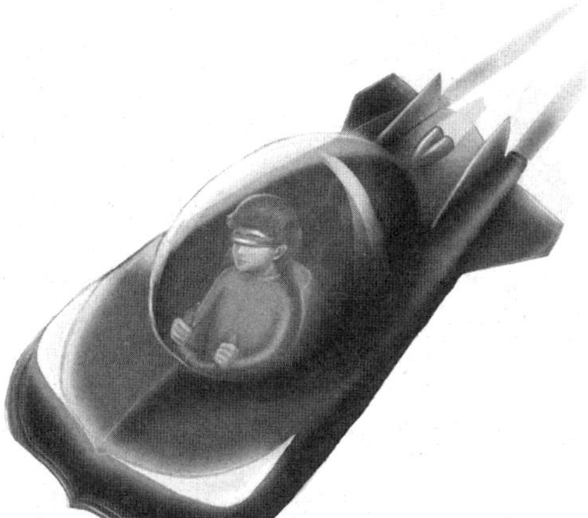